Debajo del moral

-Historias cortas y muy cortas-

Gabriela de la Torre

Debajo del Moral
© 2025 Gabriela de la Torre
mail: gh@bioranch.com

Diseño portada: Gabriela de la Torre
con una foto de canva.com

Publicado por:BoD · Books on Demand GmbH, Überseering 33,
22297 Hamburg, bod@bod.de
Presión: Libri Plureos GmbH, Friedensallee 273, 22763 Hamburg

Lectorado: Nuria Ruíz Fernández, Palabreando

ISBN: 978-3-7693-7646-3

Gabriele de la Torre —bajo seudónimo, aún envuelto en misterio, de Gabriela Hefele— nació en la región bávara, tierra de bosques espesos y silencios nevados. Periodista de oficio y autora prolífica, ha dado a luz once libros en lengua alemana, dejando su huella en las letras de su país natal.

Desde finales del año 2000, eligió como hogar la luminosa Manilva, en la costa malagueña, donde el mar susurra en castellano y el sol invita a escribir sin prisa. Es en esta tierra donde, en 2023, publica su primer libro en español, **"No hay mal que por bien no venga"**, iniciando una nueva etapa creativa con voz propia en una lengua ajena que ya siente como suya.

Le siguió **"Debajo de moral"**, su segunda obra en castellano, una delicada colección de relatos breves entretejidos con una pieza teatral que desnuda con sutileza las aristas de lo humano.

Su mundo, su mirada y sus letras continúan expandiéndose desde su página web:

🌐 www.onlinemagazinspanien.info

La autora de hoy trabaja con el ordenador

(foto: Mariele Vogl)

Contenido

Pág.

Prólogo: Mis modelos

Tengo que decir la verdad: no me gusta tomar ejemplos ni ideales en mis relatos. Creo que eso limita mi fantasía; no quiero imitar modelos. Pero también es cierto que admiro a ciertos escritores y estilos.

Durante mi adolescencia, fui una gran aficionada de Jean-Paul Sartre y su existencialismo, especialmente de su teatro absurdo, junto con Eugene Ionesco y Camus. Mi primer éxito como escritora fue un concurso de la televisión alemana con mi telefilm sobre los suicidios de un grupo de jóvenes. Estuve entre los primeros 10 ganadores y tuve muchas entrevistas en periódicos y programas de televisión. Fui casi famosa en mi pueblo y en mi colegio con tan solo 17 años.

Muchas décadas después, tras mis estudios, que no considero que sean buenos para el estilo de escribir literatura (esa es mi opinión), una redactora jefa de *Cosmopolitan* descubrió mi talento para el humor y, desde entonces, empecé a escribir muchos relatos humorísticos, anécdotas satíricas sobre mi vida cotidiana. En esa época utilicé varios seudónimos porque trabajaba en grandes empresas. Entre nosotros, gané bastante dinero vendiendo mis anécdotas, casi cuatro veces a periódicos diferentes en Alemania, Austria y Suiza.

En España, me impactó José Carlos Carmona, un profesor de literatura de Sevilla, por su libro *Sabor a canela*, un libro en estilo de protocolo, ¡nada típico para los ornamentos y emociones de la literatura española! También me gustan sus breves reflexiones sobre eventos actuales al comienzo de cada capítulo.

Unos de mis libros favoritos desde hace muchos años

Pero hablemos de una escritora que está más cerca de un ideal para mí: Isabel Allende. Escapó de Chile durante el régimen de Pinochet hacia California, Estados Unidos. Ha escrito *La casa de los espíritus*, un bestseller mundial. Y muchas novelas sobre su familia y su hija Paula, e incluso ha probado suerte con una novela negra, *Más allá del invierno*. La admiro no solo por su talento y el éxito en la escritura de bestsellers, sino por su vida entre dos culturas, entre dos idiomas, como la mía. Allende siempre está al lado de las mujeres. Mis protagonistas en mis relatos son, muchas veces, mujeres. ¡Y ella no tiene miedo al envejecimiento, como yo!

Gabriela de la Torre. Sabinillas 2025

Refrán:

Agua que no has de beber, déjala correr.

Origen:

Este proverbio es de raíces populares y profundamente hispánicas, con siglos de circulación en la tradición oral. Aunque no se le atribuye a un autor concreto, aparece recogido en refraneros desde tiempos antiguos, reflejando la sabiduría campesina y la observación de la naturaleza como espejo de la conducta humana. Ya en el Siglo de Oro se usaba como metáfora de prudencia y desapego.

Se inspira en el fluir del agua como imagen de lo inevitable o lo ajeno: si no te va a servir, si no es tuya, si no te pertenece o no te conviene... mejor no tocarla. Déjala seguir su curso, como río que busca su propio destino.

¿Que por qué me gusta?

Este proverbio me gusta porque encierra, en pocas palabras, una lección de sabiduría tranquila: la de saber soltar.

Me habla de no aferrarse a lo que no está destinado a mí, de no enredarse en asuntos que no me incumben, de no beber de fuentes que pueden enturbiarme el alma.

Es un recordatorio sereno de que no todo lo que brilla es para mí, y que hay dignidad —y también belleza— en dejar ir, en permitir que lo que no necesito siga su curso, sin resistencia ni reproche.

Me gusta porque, en este mundo donde todo urge y todo parece ser nuestro derecho, este refrán me susurra lo contrario:

Que no todo lo que está al alcance merece mi atención, que la sabiduría a veces está en apartarse, y que hay paz en dejar correr el agua que no he de beber.

Agua, agua

Toda la vida viene del mar,

alimentación y riqueza.

Pero estamos dejando que los lagos

y los ríos se sequen.

Se acabaron las duchas en la playa,

no hay piscinas privadas,

no hay lavado de coches,

no hay rocío en el césped.

Toda la vida procede del agua,

¿Volverá allí también?

¿Como las ballenas, las anguilas, los salmones?

¿Habrá pronto guerras por el agua?

¿O acabaremos como la Atlántida...?

El agua siempre nos fascina (foto: Reinhard Hefele)

La historia de un banco de madera

¡Oh, qué hermoso era cuando me colocaron por primera vez bajo la vieja moral en el centro del pueblo! Yo, con los marcos de hierro forjado a la derecha e izquierda, pintados de amarillo intenso, y luego los listones de madera redondeados para sentarse y apoyarse, pintados de verde. Era muy popular como asiento, gracias a la cómoda y ortopédicamente sofisticada curva de mi respaldo, en contraste con el viejo cerco de madera que, por lo demás, rodeaba el tronco del árbol. Sí, a veces hasta cinco jóvenes se agolpaban a mi alrededor, ¡discutiendo! Aunque, por desgracia, luego esparcían sus colillas debajo de mí.

Bueno, dos años después la pintura ya se estaba despegando de los listones de madera, pero afortunadamente se encontró un voluntario hábil que me repintó y reparó. El problema era que siempre estaba al aire libre, incluso en nuestra zona mediterránea, privilegiada por el clima, y la lluvia, a veces muy fuerte, llegaba en los meses de invierno. Las hojas caídas de la moral hacían entonces su parte y se amoldaban a mi asiento. Y luego, en la época de la cosecha, la caída de los frutos negros dejaba feas manchas si la gente no los recogía a tiempo, o las cabras que pasaban por allí. ¡Sí, podía ocurrir que alguna que otra cabra saltara sobre mí! Y no lo ocultaré, los jóvenes se sentaban a menudo sobre mi espalda y pisoteaban mi asiento con sus zapatillas y botas. Pero, ¿qué otra cosa no he experimentado? Parejas enamoradas sobre mí, que susurraban dulces palabras o intentaban tumbarse sobre mí en la oscuridad de la noche, lo cual, confieso, ¡podía ser un poco incómodo, y sentía la ingle en la espalda de la persona que estaba tumbada debajo! ¡Cómo me reía para mis adentros!

Pero también era popular entre los artesanos del pueblo durante sus meriendas. Como resultado, algunos restos de comida quedaban sobre mí hasta que una misericordiosa ráfaga de viento se los llevaba.

Como puedes imaginar, esto me pasó factura a lo largo de los años. Sin embargo, durante mucho tiempo seguí exudando una pátina fascinante. Fui definitivamente atractivo para una anciana vagabunda que, aunque los aldeanos seguían intentando ahuyentarla, se tendía secretamente sobre mí a altas horas de la noche, sobre todo en las frías noches de otoño, acariciándome suavemente y hablándome en momentos no observados. A diferencia de las parejas de enamorados, llevaba consigo convenientemente una manta vieja y raída, que se ponía debajo de ella.

De repente, debía de tener 12 años, cuando dos de las tablillas de mi asiento simplemente se cayeron, y un poco más tarde, tres de las tablillas del respaldo hicieron lo mismo. Me tambaleé y me incliné hacia un lado. Sí, y entonces a alguien se le ocurrió llevarse mis listones de madera, probablemente para calentar su chimenea, y apoyar mis dos hermosas piezas laterales de metal, una junto a la otra, contra el tronco del árbol.

No permanecieron allí mucho tiempo, y pasé años en un establo oscuro y sin uso, amputado. Hasta que, por fin, los dueños de este establo se apiadaron de mí, me sacaron, me limpiaron, me repintaron y encargaron nuevas molduras de madera a un aserradero cercano, todo ello para una gran celebración. ¡Final feliz para mí!

Ahora estoy bajo una higuera, junto a un estanque, en un

cortijo, ¡privado pero con un nuevo esplendor! Y vuelvo a ser tan solicitado como en mis años mozos.

Foto: Gabriele Hefele

La bañera doble

Conocemos una rica tradición de baños, como los balnearios moros en la historia medieval. Pero, ¡qué decadencia la de hoy! Qué barbaridad de arquitectura moderna, con sus proyectos que solo ofrecen pequeñas duchas en los apartamentos o, en el mejor de los casos, un baño de seis metros cuadrados con una bañera diminuta. ¡Y esto en hoteles de al menos cuatro estrellas!

Luciano de Crescenzo, el autor italiano, un día comparó a las personas del norte y del sur. Las del norte, según él, actúan de forma racional, prefiriendo la ducha: es eficiente, rápida, consume menos agua. Mientras que las del sur son más emocionales, quieren disfrutar de su tiempo en la bañera, bebiendo una copa de vino tinto y leyendo el periódico.

Mi marido y yo somos gente del sur, y preferimos la bañera... ¡pero una para dos personas! No una de las medidas estándar, de 1,70 por 0,75 metros. ¿Cómo se supone que debe funcionar para dos? Uno se molesta con la grifería en la espalda, el otro se siente incomodado por la tubería de desagüe debajo. Y, ¿cómo se sostienen las copas de vino? ¿Encima de las rodillas?

En todas nuestras propiedades en Alemania y España, ahora cambiamos la distribución de los baños. Normalmente combinamos dos pequeñas habitaciones, las de los niños, derrumbando muros, pero en el centro, en lo que antes era una pared, encontramos la bañera doble, casi como un centro de comunicación. Claro, necesita un depósito de agua más grande, mejor si es de energía solar, pero bañarse dos personas consume solo lo que usaría una ducha con agua suficiente para ambos. Y nada me parece mejor que disfrutar del agua caliente junto a mi pareja después de un largo día de trabajo, hacer todo lo que se pueda imaginar: leer, hablar del resumen del día, por ejemplo.

Por otro lado, la entrega de nuestras bañeras dobles a través de la terraza y por la puerta desmontada siempre causó sensación en nuestro pueblo, y tuvo consecuencias como una larga cola de curiosos. Todos querían inspeccionar nuestra gran bañera, y muchos la miraban con envidia. Pero, ¿por qué nadie se interesa por una cama matrimonial en el dormitorio?

Sin embargo, nuestra bañera doble número cinco tiene un problema: mi marido, ¡un ingeniero! Quiso proyectar todos los inyectores de masaje según sus planos, ¡y ahora salpican en los lugares más inapropiados!

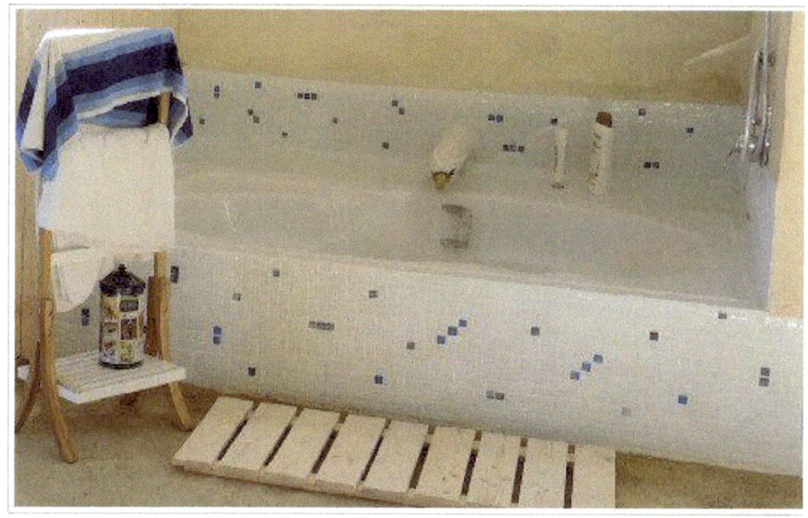

Foto de manualidades en un taller de PALABREANDO (Nuria Ruiz)

Diálogo de una pareja en un bar

Ella: ¿Por qué bebes tanto alcohol? ¡Está muy mal!

Él: ¡Cállate, mujer! Tú no tienes derecho a reprocharme nada. ¡Soy yo quien trabaja y gana el dinero en una empresa con un jefe terrible, que tengo que aguantar todos los días!

Ella: Pero ¡yo no sé cómo comprar el pan para nuestros seis hijos!

Él: Mira, te he dado una copa buena para que la disfrutes, y deberías agradecerme que no soy un hombre que te da muchas palizas. ¡Basta ya!

Bruja

Foto: Reinhard Hefele

Hay gente que dice que en la Edad Media me habrían

quemado como a una bruja...

Raro, el profesor del envejicimiento

Mi caballo Raro tenía treinta años, una edad que, en términos humanos, se acercaría a los noventa. Con el tiempo, él nos enseñó a comprender la vejez: ya no galopaba como antes, pero disfrutaba del sol y de su alimento con la serenidad de quien había aprendido a saborear la vida sin prisas. Cada uno de sus movimientos era pausado, meditado, como si cada instante tuviera un peso sagrado.

He decidido seguir su ejemplo y aprender de su existencialismo genuino: el arte de ser, sin urgencias, sin luchas innecesarias, con la sabiduría de quien entiende que el tiempo no se mide en velocidad, sino en plenitud.

El caballo, Raro, es muy listo (foto: Gabriele Hefele

Raro en su ultimo año – con 33 años (foto: Gabriele Hefele)

Nuestra primera Navidad en Andalucía

Catorce días antes de nuestra primera Navidad en Andalucía, Maribel, la vecina, nos preguntó si íbamos a ir a Alemania a visitar a la familia por Navidad. "*No*", le contesté, "*no podemos dejar la finca por los animales y en realidad no hay nada que nos empuje a volver a nuestro antiguo hogar*". «¿Y si mi madre o mi hermano vinieran aquí?» Una vez más tuve que decirles que no, que era demasiado caro para ellos volar por los días festivos.

Navidad en España

Una semana antes de Navidad, Maribel llegó de repente

con una caja de cartón grande y estrecha, la llevó al salón de nuestra chimenea y sacó un monstruo de plástico verde ligeramente arrugado. Radiante de alegría, desenredó las ramas despeinadas del árbol de Navidad de plástico de 1,60 metros de altura. Incluso había pensado en adornos para el árbol en forma de cadenas rojas de plástico. Entonces me sonrió y me dijo:

—Como eres alemana, ¡no puedes pasar aquí las fiestas sin un árbol de Navidad como tenéis los alemanes!".

Navidad en España

Aunque un árbol de Navidad de plástico no era mi sueño, pero me emocioné, sinceramente, casi se me saltaron las lágrimas. Desembalé las velas de cera de abeja que había cargado conmigo en el remolque de la mudanza y completé el árbol. ¡Creo que fue el primer y único árbol de Navidad hecho de plástico pero con velas de cera de abeja! Todavía hoy, después de muchos años, se le rinde homenaje, aunque hace tiempo que tiene un aspecto un poco desaliñado.

El famoso primer árbol de plástico con velas de cera de abejas

El abanico

Crap, crap, chu

qué brisa agradable,

Qué inicio.

clap, crap, crap

estoy casada,

Pero debes besame.

clap, clap, crap,

estás cruel,

estoy solo.

¡Atención! Idioma secreto

Foto en la feria de caballo en Jerez (foto: Antonia Guerra)

El adiós de los amantes

Mi primera asociación:

La guerra civil en España, puede ser en 1936 en las montañas de Málaga, ante una ejecución de una pareja de republicanos.

Me imagino que él dice:

—Adiós, mi amor, seguro que nos encontraremos en el cielo.

Después se oyen los tiros.

Una segunda asociación:

Un lugar en Afganistán, en la montaña del desierto.

El beso de una amante, sin palabras, ella tiembla.

Un Talibán los separa a los dos. El otro, empuña su espada y le corta su cabeza al hombre. Ella grita y cae al suelo.

El primer Talibán la saca a ella brutalmente y habla entre dientes:

—¡Para ti, tu puta, hemos planeado la lapidación!

Y la lleva a un borde del precipicio mientras ella reza a Alá.

Duelo de Esencias: Mar y Soto

Narrador:

Érase una vez, en la costa donde el sol lo dora todo, dos entidades se encontraron frente a frente. Una, antigua y altiva como un perfume de herencia: **Mar**, la bella. La otra, joven y refinada como el trazo de una pluma de oro: **Soto**, el elegante.

Ambos disputaban no tierras, sino leyendas. Comenzó, como suelen empezar los grandes duelos, con una herida al ego.

Mar (alzando el mentón con aire de abolengo):
—Yo soy la heredera de siglos, hija de los fenicios y testigo de imperios. Mis calles respiran más de 1.600 años de historia. Desde 1954 brillo como joya del lujo. ¿Y tú, recién nacido?

Soto (cruzando los brazos, con sonrisa de quien sabe lo que tiene):
—Nací en 1964, sí, pero vine al mundo con visión de futuro. Campos de golf, canchas de polo, discreción y elegancia. Soy el club privado del destino.

Mar (con voz orgullosa, casi teatral):

—Mi primer hotel de lujo fue fundado por un noble de linaje. Tú, en cambio, por un americano con pasado nebuloso. Las estrellas, los príncipes, los artistas... todos caminaron mis calles.

Soto (arqueando una ceja, con ironía punzante):

—Estrellas, sí... aunque ahora más bien caídas. Y tus visitantes de hoy son turistas con deudas y glamour vencido. En mis avenidas viven los que no necesitan ser vistos para tener poder.

Mar (ofendida, en tono de batalla):

—¡Claro! Porque vives pegado a Gibraltar, ese escondite de fortunas con acento británico...

Soto (con calma de rey que no necesita gritar):

—Estoy entre dos mares y dos continentes. Desde aquí se ve el mundo. Eso no se hereda: se elige.

Mar (con tono poético, casi nostálgico):

—Pero yo tengo **La Concha**, montaña que me abraza, que me protege del viento y me regala un clima de terciopelo.

Soto (con media sonrisa):

—Y yo tengo un puerto que brilla como una constelación de yates. El tuyo aún está en el dibujo de un sueño.

Mar (con aire de superioridad herida):

—Mi casco antiguo es arte que se pasea, y la avenida de Dalí es galería abierta. Tú apenas eres una urbanización con ínfulas.

Soto (sereno, casi filosófico):

—Y sin embargo, en esa aparente sencillez se esconde la libertad. Como dijo un alcalde sabio de San Roque:

"Marbella habla… Sotogrande actúa."

Narrador (cerrando con un suspiro salado):

Y así, bajo el mismo sol, siguieron compitiendo en encanto, historia y estilo.

Mar, la diva.

Soto, el caballero.

Ambos sabiendo, en el fondo, que el sur tiene lugar para más de un paraíso.

Vista al Gibraltar y Africa de Torreguadiaro-Sotogrande(W.Wilpert)

Don Quijote y Sancho Panza en la pradera

Hace poco, un amigo me dijo: "¡Tus caballos Amigo y Raro me parecen como Don Quijote y Sancho Panza!" Y es cierto. **Amigo** es un caballo noble, de pura raza Westfalia, de pelaje marrón, delgado y un poco nervioso. **Raro**, en cambio, es un caballo pequeño, algo gordo, sin papeles, robusto.

Al principio, **Raro** adoraba a **Amigo**, el noble, pero este, en sus primeros días, no prestaba atención a **Raro**: en su opinión, un "gitano" sin pedigrí, además de tener un vulgar pelaje rojo.

En sus relaciones, **Amigo** era como **Don Quijote** de la pradera: reservado, encopetado, pero un tanto ingenuo. **Raro**, por su parte, era un buenazo, astuto, y le gustaba comer.

Poco a poco, **Amigo**, el noble, tuvo que entender que **Raro** era su compañero. Al principio le parecía igual que los demás, pero con el tiempo **Raro** se convirtió en su indispensable ayudante. **Raro** aceptó a **Amigo** como su jefe, aprovechando el papel que le correspondía y reconociendo que era el responsable de ambos.

Sin embargo, **Raro** no era tonto, y como **Sancho Panza**, pensaba en su propia ventaja. Cada tarde, durante su vuelta desde la pradera hacia las cuadras, con la avena preparada, **Raro** corría rápidamente hacia la cuadra de **Amigo**, cogía un bocado de avena y regresaba a su propia cuadra antes de que **Amigo** pudiera reaccionar. Pero, a pesar de todo, los dos formaban un equipo imperturbable. Si un extraño se acercaba a su pradera, como por ejemplo el caballo vecino que saltó la valla, se armaba una competencia de comida. **Amigo** tomaba el mando, y ambos galopaban rápidamente en dirección al intruso, con los ojos de animales de rapiña. El intruso solo pudo salvarse huyendo hacia el seto de cactus.

Los **Don Quijotes** y los **Sanchos** no existen solo en la literatura o en la pradera: todos llevamos un poco de **Quijote** dentro, con nuestras visiones e ilusiones, y un poco de **Sancho Panza** en el alma: unos más Quijote, otros más Sancho…

Mis caballos compenetrados como Don Quijote y

Sancho Panza.

Debajo del moral

Un moral de más de doscientos años se erige en el centro de un pequeño pueblo de Andalucía. Este pueblo, alejado de la costa, alberga a casi ciento cincuenta habitantes.

A las diez de la mañana, las personas mayores del lugar se reúnen bajo la sombra del moral, formando un círculo alrededor de un banco de madera. Las abuelas, con sus labores de punto, tejen el tiempo mientras otras balancean suavemente a sus nietos en los cochecitos. Entre ellos, un hombre solitario, **José**, de 68 años, se acomoda después de una jornada dura en los campos de alcornocales. **Rosa**, aún hermosa a sus 72 años, es la propietaria de trescientos acebuches, la más rica del pueblo, y también la más orgullosa; soltera, pues jamás ha querido elegir un marido entre los vecinos. **Marco**, con 92 años, es la crónica viviente del pueblo, capaz de relatar todos los eventos ocurridos desde la Guerra Civil.

Cada mañana, si alguno de los del grupo bajo el moral no ha llegado a la hora habitual o no ha abierto sus persianas, otro de los ancianos se levanta del banco y se dirige a controlar la casa del ausente. Los jóvenes, padres de familia o aquellos que trabajan en la costa, pasan a toda velocidad en sus scooters o en camino hacia la parada del autobús, y no dudan en preguntarles a los mayores si desean que les traigan algo del supermercado de la ciudad.

A una de las extranjeras, antiguas amigas de mi madre, le encanta la costumbre que aún persiste en el pueblo: cada uno de los hombres se levanta y besa, con delicadeza, las mejillas de izquierda a derecha al saludarla. ¡Es un gesto que revive las endorfinas, incluso a los 77 años!

Un día, quiero estar sentada bajo ese moral...

Imagen construido por AI: canva.com / dreamlab

Un buen lugar para leer

El legado de mi profesora

Un día recibí un paquete pequeño. Al abrirlo, encontré una figurita rota de un soldado de barro. Me recordó a las figuras del famoso ejército chino de terracota. Junto a la figurita había una carta que me informaba sobre la muerte de mi profesora favorita. La carta estaba escrita por su sobrina, quien me explicaba que ese objeto era un legado de su tía para mí, pues sabía de su importancia para mí.

Mi "mentora doctoral", Rita Kalbhenn, bibliotecaria diplomada de Dynamit Nobel AG en Troisdorf-Colonia, fue durante muchos años presidenta de la Asociación de Bibliotecas Industriales de Alemania. Ella puso a mi disposición documentos originales y me ayudó en la organización de la encuesta. Le debo mucho. Lamentablemente, ha fallecido.

Rita Kalbhenn, in memoriam

Casandra y el nuevo programa

Una pieza teatral

Ficha de Personajes - Protagonistas principales:

Casandra: Mujer de carrera, 32 años, ambiciosa, bien educada, doctora en sociología. Casada, sin hijos. No es especialmente guapa, pero posee un gran carisma.

Jefe 1: Jefe directo, 43 años. Moderno, patrocinador de Casandra. Ingeniero, leal.

Jefe 2: Jefe de la empresa, más alto en la jerarquía, 54 años. Jurista, escéptico, autoritario. Solo interesado en las cifras. Casado por segunda vez.

Asistente: Joven, 24 años. Ambiciosa, guapa, celosa.

Secretaria: 42 años, divorciada, con dos hijos. Mucha experiencia en el trabajo y la historia de la empresa. Leal.

7 Empleados más: 2-3 a favor de Casandra, el resto escépticos o en contra. Tres mujeres y cuatro hombres.

Marido: 34 años, catedrático, con mucha paciencia, diplomático.

Periodista: 50 años, divorciada, muy lista y curiosa.

ESCENA 1

Casandra está frente a su armario abierto, pensativa. Trata de decidir cuál es la ropa perfecta para la cita importante con su jefe y el director de la empresa. La formalidad del vestido que elija es crucial. Finalmente, opta por un traje gris con finas rayas, pero no con una blusa rosa, sino con una amarilla, que hace juego sin resultar demasiado femenina. Casandra recuerda los consejos de su instructor de retórica, que la empresa pagó para ella en su día.

Una hora después, mientras camina por la esponjosa alfombra de la oficina del director, se siente afortunada de haber elegido los zapatos con cómodos tacones y una gran bolsa amarilla a juego.

Jefe 1:

—La hemos elegido a usted para un nuevo proyecto. Por su formación en psicología y sociología, y su experiencia en nuestra empresa, así como su capacidad para liderar un equipo, parece ser la persona adecuada para este plan.

Casandra no sabe a cuál de los dos hombres mirar, así que decide concentrarse en su jefe, que es el que habla. El director no dice nada, solo la observa discretamente.

Jefe 1 continúa:

—Vamos a fundar una nueva sucursal en un edificio en la circunvalación. No será una "start-up" normal, sino una fábrica de ideas basada en inteligencia artificial. Y usted debe dirigir esta empresa.

Casandra escucha en silencio, sin interrumpir a su jefe. La sorpresa la embarga. ¿Por fin daría el gran salto en su carrera? Pero, al mismo tiempo, se pregunta: "¿Por qué me han elegido a mí? ¿Es por ser mujer o porque realmente soy apta para el puesto? ¿Dónde está el truco?"

Jefe 2 (director) interviene:

—Señora, usted debe implementar y seguir un programa de inteligencia artificial para seleccionar, asignar y controlar a los empleados en colaboración con nuestro departamento de personal.

Jefe 1 añade:

—Queremos saber quién puede decidir mejor: si el individuo o la máquina. Pero este es un proyecto secreto, nadie debe saberlo, solo nosotros tres. Oficialmente, será una empresa dedicada a ideas y visiones de futuro, casi un "think tank".

Cinco minutos después, Casandra se encuentra con un nuevo objetivo y trabajo. Aunque sale exultante de la oficina, no puede evitar sentirse extraña, con un mal sabor de boca.

ESCENA 2

Casandra llega a su casa.

Marido:

—¡Enhorabuena, cariño!

Casandra:

—Tengo sentimientos muy ambiguos. Finalmente puedo ser jefa de una nueva empresa, pero no es lo que parece.

Casandra le explica a su marido sobre el nuevo trabajo y el

proyecto relacionado con la inteligencia artificial.

Marido:

—Me recuerda un poco a mi primer trabajo en una gran empresa, donde era tradición controlar a los empleados. Pero, en mi opinión, fue cruel que los mismos empleados tuvieran que evaluarse a sí mismos y a los demás. Aquellos con las peores puntuaciones fueron aconsejados a buscar otro puesto.

Casandra:

—Uff, no es exactamente eso, pero tiene algo de parecido, y lo que más me molesta es que todo tiene que ser un secreto.

ESCENA 3

Cuatro semanas después.

Casandra ha formado su nuevo equipo, compuesto por catorce personas, mitad hombres y mitad mujeres. Todos, con copas de cava, rodean a Casandra, que también tiene una copa en mano.

Casandra:

—¡Bienvenidos! Estoy muy contenta de trabajar juntos para encontrar nuevas ideas para el futuro. También tenemos el permiso para usar la inteligencia artificial.

El grupo aplaude.

Casandra:

—Y espero que, como a mí, les guste la idea de que, por primera vez en nuestro equipo, probemos dividir un puesto de trabajo entre una pareja con dos niños. Ellos se organizarían para cuidar a los niños, mientras que uno trabaja y el otro lo hace en casa, y luego se cambiarían la semana siguiente. Esto también podría ser un buen ejemplo para el futuro.

Un murmullo recorre la sala mientras la noticia se dispersa. En el fondo, una periodista con micrófono y cámara se prepara para una entrevista con Casandra y algunosempleados. Esta parte quedará a la improvisación de los actores.

ESCENA 4

La secretaria entra en la oficina de Casandra, donde siempre hay una puerta abierta.

Secretaria:

—Casandra, lo siento, pero parece que hay problemas.

Casandra:

—¿Qué problemas? ¿No has visto el artículo tan positivo en el periódico con nuestras entrevistas?

Secretaria:

—Claro, pero el problema son algunos de nuestros compañeros. Hay rumores de que nuestra empresa no es real, que es solo una compañía fantasma.

En ese momento, entran personas con pancartas y carteles en la escena, con lemas como: "Buscamos la verdad", "¡Abajo la inteligencia artificial!" y "¡Abajo los traidores!"

ESCENA 5

Casandra y su marido están en casa, vestidos con ropa

informal, ambos con vaqueros. En la mesa hay una botella de vino y dos copas.

Marido:

—Cariño, no te preocupes, fue un trabajo muy interesante y tú hiciste todo lo posible.

Casandra, triste:

—¿Por qué los empleados se volvieron enemigos de la inteligencia artificial? Nos pagaron muy bien y durante unas semanas tuvimos mucha alegría. No lo entiendo.

Marido:

—Creo que fue demasiado pronto para implementar la inteligencia artificial en los recursos humanos.

Casandra:

—Pero, para ser honesta, a veces sentía una mala conciencia, sobre todo cuando la inteligencia artificial clasificaba a los empleados, y en ocasiones yo tenía una opinión diferente.

Marido:

—No es fácil usar la inteligencia artificial en el departamento de personal.

Casandra:

—¿O es que teníamos traidores en nuestro equipo?

Marido:

—Lo mismo sucedía en mis años en la industria: siempre hay gente con envidia o aduladores que quieren tu puesto. Pero has adquirido valiosas experiencias para tu futuro. Y somos jóvenes, aún podemos comenzar de nuevo.

Él la abraza y ambos brindan en silencio, tomando sus copas de vino.

Proverbios con nombres de alimentos

Estar como un queso: alguien muy atractivo

Ser como dos gotas de agua: que son casi iguales

Ser pan comido: algo muy fácil

Estar hasta en la sopa: una persona que está hablando continuamente

Tener mala leche: tener mala condición, estar malhumorado

Importar un pimiento: que no le importa a nadie

Irse a freír espárragos: dejame en paz.

Sacar las castañas del fuego: alguien ha sacado de un apuro a otra persona. El origen lo encuentra en la famosa fábula "El mono y el gato" de La Fontaine; en la que un mono y un gato asan castañas juntos.

Parte de un dibujo de Christian Moser del libro "Langenscheidt   *Spanisch-Comics Grammatik"* (2008)

?!

Finca, El Ranchito

Aquí se originó la revista Hércules Cultural y en estas fotos sus creadores. Bajo un parral de mi casa.

De derecha hasta la izquierda: Los escritores Carmen Sánchez Melgar, Nuria Ruiz Fernández, Juan Emilio Ríos, Gabriela de la Torre, y la fotógrafa, Antonia Guerra.

Agradecimientos

Mis libros en lengua castellana no habrían sido publicados sin la ayuda de Nuria Ruíz Fernández, no solo una reconocida escritora y redactora cultural del Campo de Gibraltar, sino también una profesora de talleres de escritura y una lectora excepcional. Fue ella quien me guió en su taller *Palabreando*, donde aprendí a escribir relatos cortos, y quien corrigió mi libro *No hay mal que por bien no venga* y ahora mi nueva obra, *Debajo de moral*. Puedo asegurar que fue un gran trabajo para Nuria, porque como ella misma dice en el prólogo de mi primer libro: "Gabriela es un caso especial. No solo por su éxito con 11 libros en alemán y por su gramática particular, sino, sobre todo, por su profesión como periodista y por su técnica narrativa, más cercana al periodismo que a la ficción…"

Nuria es una lectora rigurosa. Y una buena amiga desde nuestros primeros años en Andalucía, hace ya 20 años, especialmente desde la fundación de *Hércules*, una revista cultural que creamos en nuestra finca (ver más abajo, con Carmen Sánchez, Nuria Ruíz, Juan Emilio Ríos, yo misma y la fotógrafa Antonia Guerra, de derecha a izquierda).

Sin embargo, para honrar la casualidad, debo decir que mi carrera en la literatura española comenzó con Carmen Sánchez Melgar, otra reconocida escritora y poeta de nuestra zona. En la oficina de correos de Sabinillas, un día le pregunté: "¿Puede ser que tú también eres escritora, porque envías muchos libros?"

Fue Carmen quien me abrió la puerta a los poetas de Gibraltar y a los contactos con miembros del Ateneo, y especialmente a Juan Emilio Ríos, el gran poeta honrado de España, a Nuria, como mencioné antes, y a otros muchos en el grupo poético de Estepona, Algeciras y alrededores. ¡Carmen es mi mentora

Arriba a la derecha: Yo con Carmen Sánchez y Nuria Ruíz en la presentación de mi primer libro en español.

Y, en cuanto al motivo por el que vivimos en Andalucía, en realidad debemos agradecérselo a nuestros caballos. No solo buscábamos un buen clima, sino también un país ideal para ellos, pero esa es otra historia. O mejor dicho, nuestros animales merecen un libro entero dedicado solo a ellos.

De todos modos, ellos prefieren las zanahorias y las algarrobas.

Editora y autora

Libros actuales de la autora

Gabriele Hefele
Raro
Das europäische
Wunderpferd
Die Erlebnisse eines
cleveren Vierbeiners

Gabriele Hefele
Frauen
zwischen
Welten
Porträts, Gespräche, Anekdoten, Interviews

Andalusien
ist
anders
Gabriele Hefele

Epílogo

Como editora de *"Debajo del moral"*, he tenido el placer de sumergirme en cada palabra y frase de este fascinante manuscrito. Desde el primer momento, me cautivó la capacidad de Gabriela de la Torre para mezclar lo cotidiano con lo extraordinario, creando relatos que son tanto humorísticos como profundamente reflexivos. Ha sido una experiencia única trabajar con un texto que despliega una increíble diversidad de registros y tonalidades: desde las tradiciones populares andaluzas, cargadas de refranes y sabiduría ancestral, hasta un humor mordaz y una mirada crítica sobre los desafíos contemporáneos, como la incursión de la inteligencia artificial en la gestión empresarial.

Corrigiendo y montando cada historia, descubrí la destreza literaria de Gabriela. Su habilidad para balancear la ironía con la ternura, la crítica social con la reflexión profunda, es lo que hace que sus relatos no solo sean una lectura entretenida, sino también una invitación constante a pensar, a cuestionar y, por supuesto, a disfrutar. El proceso de edición ha sido una verdadera delicia, un viaje en el que cada página me ha mostrado algo nuevo, algo que merecía ser destacado y pulido, siempre respetando la esencia de la autora.

"Debajo del moral" es un testimonio literario de la capacidad de Gabriela para unir lo tradicional y lo moderno en una danza narrativa que se burla de las convenciones y celebra la diversidad de voces que componen nuestra realidad. Sin duda, este libro refleja la calidad literaria de una escritora con un talento único, capaz de atrapar al lector en su mundo y mantenerlo cautivo hasta la última palabra. Ha sido un verdadero honor acompañar a Gabriela en este proceso.

Por Nuria Ruiz Fdez.

Tutora Taller Palabreando